虹と灰のクックブック
加藤思何理

虹と灰のクックブック◆加藤思何理 ……………………………………

机の上に置き去りにされた一枚の紙片。
そこにぼくは緑のインクで詩を綴る。
だがその文字の連なりは
なぜか次からつぎに紙から起ちあがって
いま生きた花粉のごとく世界に飛び散ってゆく。
これは間違いなく病、
しかも重篤かつ愉快な病
には違いない。

◇目次

一の皿：偶然

きみの夜が出血する（美悩多宇炉巣の余韻とともに）　008
夜明けのシベリア鉄道　010
真昼のハベラ　015
長く奇妙な裏庭のある家　020
浮動小数点家事件　028

二の皿：漂泊

リンゴンベリィの指環　038
マルタ騎士団と奇妙な腕時計の話　049
異国の地にある危険な物件　053
真冬の金剛環蝕　058
氷点下パーティ　064

三の皿：忘却

アルメニアの少年　あるいはジェル状の白い牛乳　078
秘密の発電所　082
白髪主義者たちの秋　096
前半分だけの青いバス　104
真夜中に桃を食べる　108

一の皿：偶然

気がつくと見知らぬ沙漠を彷徨っていた。
右手の指先が青黒い血で汚れていた。
空を見上げると強すぎる光に瞳を抉られた。
ふり返ると心臓に永遠の渇きの烙印を捺された。

きみの夜が出血する（美悩多宇炉巣の余韻とともに）

夥しい書物、夥しい思惟の連鎖が
少年の無垢の咽喉で稲妻のように屈折する。
言葉の磁力、文字の重力は
記憶の水底に堆積した少年の地下茎を虹のように彎曲させる。
だが毎夜少年が睡りながら書きつづける絵葉書は
時計じかけの欲望の手でことごとく誤配されるだろう。
なぜならこの無慈悲で無防備な季節においては
もはや市場も病院も学校も裁判所も美術館もまるで機能しない。
さらには意味さえもが
価値の梁に宙づりになっている。
だから少年の声は
その粒子のひと粒ひと粒に妄想の矢印を刻まれて
みずからの迷宮に迷う**美悩多宇炉巣**と化す。

この茫漠たる宇宙に渦巻く内耳のなかで
光を奪う者と光に奪われる者、
彼らが同じひとつの影を共有する双子であることに少年が気づくとき
おそらく少年の夜は
あらゆる瞬間と断面から軋むように囁くように出血することだろう。

夜明けのシベリア鉄道

巨きくて剣呑な漆黒の山、その麓にぼくはいる。

見上げれば、今にも雨が降りだしそうな、狂人の額のように暗鬱で鋭角的な空。


ここはどうやら月蝕町らしい。

風の匂いや磁気の気配でそれと解る。

とすれば、あの**重力レンズ**氏の別荘がある地域ではないか。

彼独特の屈折感のある笑顔が懐かしい。


ふと見ると、すぐ先の旧い邸の前庭に、青い格子柄のシャツを着た人影がある。

驚いたことに、彼こそが**重力レンズ**氏であるようだ。

まさかここが彼の別宅であったとは。

彼は後ろのタイアが異様に肥厚したマウンテンバイクを押して、門から出てくるところだ。

だがぼくは咄嗟に背を向けて、彼に気づかれないようにこっそりその場を離れる。

彼とは対面したくない理由がある。

少なくともこの雨季が終わるまでは。


狭く荒れ果てた坂道を登ってゆくと、トロッコ列車の始発駅があった。

風雨に晒された緑の看板の陰に、昔昔にイタリアの映画で観たような、車輪と台座だけの木造のトロッコが停まっている。

だがそのサイズはもっと大きくて、革の座席もいくつか並ぶ。

よく見れば、その後部には強力そうな駆動装置さえ付いている。

そばには制服制帽の頬ひげを蓄えた運転手がいて、彼はぼくを粘度の高い視線で見つめながら、さあお乗りなさいと、ある種の強迫的な脳波を送ってくるのが判る。

その思念に強引に導かれて、ぼくはふらふらとトロッコに乗りこむ。

他にも乗客が何人かいるが、いずれも髪の色の淡い少年たちだ。

どういうわけか彼ら全員が一様に瞼を閉じている。


ようやくトロッコが動きだす。

トロッコは傾斜のついた軌道をゆっくりと登りはじめ、しだいにその速度を上げてゆくと、ほどなくトンネルに進入する。

トンネルの内部はまさに稠密な暗闇で、ときどきトロッコの車体は左右に大きくうねるのだが、どこをどう走っているのかがまるで解らない。

しかも、今や暴走ともいうべき水準の加速度だ。

ぼくの不安の容量が等比級数的にいや増して、出口のない恐怖を感じはじめる。


その直後に長いトンネルを抜けると、すでに世界は暮れ方だ。

灰色の長い雨が斜めに降りしきっている。

ところどころに灯りの点りはじめた下界の光景が、断片的に現れては飛び去ってゆくのを眺めているうちに、トロッコは大きな音を立ててふたたびトンネルに突入する。


いったいどれだけの距離を登りつづけたのか、トロッコはやっと終着駅に到着する。

ここは北アルプスの深い山襞に抱かれて睡るように生き長らえた、コリアンダァのひと粒ほどにも小さな町であるらしい。

もう夜もしっかり更けて、あたりの景色は視えるはずもない。

剃刀のようにか細い三日月がひとつ、深い藍色の空に頼りなげに懸かっているだけだ。

いかなる因果か、果てしなく遠いところに来てしまった。

そんな不安で無防備な感覚が、ぼくの皮膚の肌理にひたひたと打ち寄せてくる。


乗客の少年たちは次次にトロッコを降りてどこかへ消えてゆく。

こんな標高の高い寂しげな町に寄宿制の学園でもあるのだろうか。

この町に用事があるわけでもないぼくは、月蝕町に引きかえそうと思ってそのままトロッコの座席に坐っていると、暗がりのなかからおもむろに頬ひげの運転手が現れて、このトロッコはもう月蝕町には戻りませんよとぼくに告げる。

先刻の長いトンネルの途中で実は線路が分岐していて、しばらく後に出発するこの便はそちらのほうへ向かうらしい。

これは困った。

いまトロッコで走ってきた経路を延延と歩いて帰ることなど、もちろんできはしない。

なんとか月蝕町に戻る方法は無いかと運転手に訊ねると、彼は片頬に薄笑いを浮かべながら、それはまるで不可能ですなと答える。


——だってこのトロッコ列車は、そのまま海を渡ってシベリア鉄道に乗り入れるのですから。明日の朝に着くのはウラジオストク駅です。

そう言って運転手は鍔の長い帽子をゆっくりと脱ぐ、するとそこに見知った顔が現れてぼくは驚く。

重力レンズ氏だ。

真昼のハベラ

研究所からの帰りに、七人か九人ほどでのんびりと歩いている。

空の色の微妙な濃淡が心にしっとりと沁みわたるような、そんな春の暮れ方だ。

とある十字路を折れた先の径に煉瓦造りの旧い建物があって、そこがいま先頭を歩く三角という名の同僚の住居であるらしい。

これからそこで、なかば業務外のちょっとしたパーティが開かれるのだ。

三角とは珍しい名前で、文字通り〈さんかく〉と読むのだが、よく見れば彼の横顔はほとんど三角に近い。

頭頂部が少し尖っていて、顎はぐっと前方に突きだし、さらには太い頸がそのまま頑丈そうな背中の僧帽筋に繫がっている。

まるで昔のアメリカのコミックに出てくる怪力の持ち主のような、そんな闘士型の顔つき。

彼の苗字はその横顔から付けられたものかとも思うが、もちろんそれはありえない話だ。

さて、その三角氏の所有する味わいに満ちた建物の姿が向こうに見えてくる。

興味を持ったぼくが少少は早足で近づいてゆくと、一階は小さな画廊になっている。

気まぐれに入ってみれば、壁にあるのはルネ・マグリットの作品ばかりだ。

『恋人たち』や『野の鍵』、『赤いモデル』、『ゴルコンダ』、あるいは『白紙委任状』など、視神経に実に懐かしい作品群。

むろんオリジナルであるはずもないが、好みに合う角度の品揃えだと思いながらそのまま歩いてゆくと、奥のテーブルに「御用の方はこのボタンを押してください」と書かれた藁半紙が貼ってある。

そのボタンから伸びる配線を眼で辿ってゆくと、いったん床に降りたそれは、今度は背後の壁を這い上り、天井の小さな孔に消えている。

ぼくは画廊を出て、壁に付いた鉄製の階段を二階へと昇ってゆく。

黒いドアを押し開けると、すぐに分厚い絨毯の敷かれた三角氏の家の広間があって、先刻の同僚たちが賑やかにシャンペインを飲んでいる。

画廊のあの配線はこの部屋に繋がっているらしい。

靴を脱いで広間に入り、赤い革のウィングチェアに腰かける、すると早くも酔っぱらった三角氏が覚束ない足どりでそばに来て、この果物は美味しいから絶対に食べてよ、ほんとに美味しいんだから、などと言いながら持ってきたマンゴォを皿の上で切り分けようとするのだが、途中でナイフを握りしめたまま睡りに落ちてしまう。

かなりの酩酊ぶりだが、もちろん可愛げのない男ではない。

細いグラスでシャンペインを飲みながら、ぼくはその広間を眺め渡す。

すぐに気づくのは、床のあちこちに仔猫ほどにも大きな結晶体がいくつも置かれていることだ。

たとえば水晶や瑪瑙、ラピスラズリやアマゾナイトなどが、窓の西日を受けて美しく耀く。

一方、乱雑に散らかった両袖机を見れば、昔昔の万年筆が三十本ほども転がっている。

その横には折り畳み式の西洋剃刀がおよそ一ダース。

いろいろと奇妙な取り合わせだが、なかなか心地よいコレクションではある。

この三角という男、最近は珍しい球根の国境を越えたやり取りで潤っているというが、独身でもあることだし、いわばやりたい放題なのだろう。

ふと気づくと、すぐそばに入社したばかりの同僚が坐っている。

だからぼくは彼女と何げない雑談を始めるのだが、会話を交わしながら、その言葉と言葉の空隙を気持ちの良い五月の風が吹きぬけるような、そんな爽やかな印象を受ける。

この個性は貴重だと思ったぼくは、彼女を新しい業務のメンバァに誘う。

だが彼女は急にもじもじして要領を得ない。

何度か促すと、やっと彼女は小さな紙切れに青いインクで何かを書いてぼくに手渡してくる、だがその紙片にはいびつな五角形がひとつ描いてあるだけだ。

ぼくがその五角形をしばらく眺めていると、彼女が実は遠星市の出身で、この週末には研究所を辞めて帰郷するから、ぼくのチームで一緒に仕事をすることはできない、という彼女の気持ちがなぜか直接脳漿に伝わってくる。

だからぼくは、自身が遠星市の近くの深星市の出身で、遠星市には偶然にも伯母のひとりが住んでいるよ、と口に出さずに言う。

すると彼女はぼくのほうを向いて頬笑むのだが、よく見ると彼女はなぜか男になっている。

いや男というより少年だ、くすんだ金色の泡立つような髪を持つ、美しい少年。

その瞳はあくまで深く、瞼の縁には長い睫毛が密生して、鼻先が涼やかに尖っている。

そうか、きみの中心部には小さな角が生えているというわけかと、ぼくは心のなかで呟く。

ぼくと少年は、泥酔してソファで睡る三角氏に毛布を掛けてから、一緒に帰ることにする。

だが玄関で靴を履こうとすると、ぼくたちのそれがびしょ濡れだ。

子どものころに自宅の三角屋根に積もった雪が、いまこんなところで融けだしたらしい。

そこへ三角氏がやって来て、黄色い靴をぼくたちに貸してくれる。


——ありがとう、助かるよ。ぼくが言う。でも、今ソファで熟睡してたんじゃないの？

——いや、僕はあいつの弟です。彼が答える。どういうわけか双子なんですよ。


三角と三角で六角かと思いながらその靴を見ると、サイズはG６で、少し小さい。

履いてみるとやはり爪先が少し窮屈だが、もちろんしばらく歩くには何の支障もない。

外に出て、ふと頭上を見あげると、白い蝶が三角の翅をひらひらと羽搏かせて飛んでいる。

もしかしてこの蝶は、自宅のソファで酔っぱらって睡る三角氏の魂なのだろうか。

そんなとぼけたことをぼくはなんとなく考えてみる。

そういえば遠星市の伯母が、蝶のことを〈ハベラ〉と呼んでいた遠い記憶があるが、あれはいったいどこの言葉なのだろうか。

いかにもラテン語系の風情だなと考えながら、ぼくは少年と真昼の道を歩きつづける。

長く奇妙な裏庭のある家

ぼくが住む家はかなり広い。

多くの部屋がずらりと順番に並んでいて、譬えは悪いが、まるで前世紀の鶏小屋のようだ。この家を建てた母方の祖父の発案なのだろう。

普段はほったらかしの部屋ばかりだが、今日はなぜか気分と生理が乗って、久しぶりにそれらを見て歩くことにする。

当然のことながら埃っぽい部屋が続くが、それぞれが実に面白い意匠だ。スペイン風もあればインド風もあり、トルコ趣味や中国趣味、あるいはプラナカンの風情の滴りが漂うものさえある。

いつのまにか廊下を端まで来て、ふと見ると、その奥の一段低い場所にか細い通路が設けられているのが判る。

こんなところに秘密の抜け道があったのかと驚きながらその通路を歩いてゆくと、右手の小さな窓から大きな裏庭が見えるのが判る。

一番手前には荒れた芝生の広がりがあり、その向こうはなだらかな斜面になって緩やかに下ってゆく。

その先には下界の田園や家家が小さく見えるから、おそらくは崖になっているのだろう。

その横には白っぽい煉瓦で囲われた小さな畑、黒くたっぷりとした豊かな土壌が美しい。

蟻が歩き蚯蚓が這い回る光景がありありと眼に浮かぶ、そんな穏やかで温かい構図だ。

その畝ではバジルやセイヴォリの葉が揺れている。

いつのまにか背後にいた姉が、わたしがせっせと耕して作った畑なのよ、と言う。何年もかかったわ、きみは気づいてなかっただろうけれど。

その言葉にぼくはふり向くが、なぜか姉の姿はない。


裏庭を眺めながら狭い通路を進んでゆく。

そのうちに、いくつかの回転窓が一インチほど開いていることに気づく。

もうすぐ陽も暮れるだろうに、いったい誰が開けたのかと思いながら窓を閉めてゆくのだが、その錠が捻じれた雲状の不可解な形態で、しかもある種の軟体動物のごとき手触りだ。

なんとも気味が悪い。

庭の芝生はしだいに丈が伸びて草叢になり、いつしか小さな樹がちらほらと生えてくる、
そしてここまで来れば、もはや鬱蒼とした雑木林だ。

熊蟬の群れが喧しく鳴いている。

そんな樹樹の枝には白く巨大な鳥籠がいくつもぶら下がっていて、そのなかに鳶や鷲や鷹が何羽も放たれている。

餌はどうしているのだろう、生肉でも与えているのか。

それに、そもそも誰が育てているのかが解らない。


さて、そのあたりの窓窓には、複雑な形の鉄骨が無理やり螺子止めされている。

近いうちに外壁工事が始まるのだろうが、これでは窓も閉められない。

すぐ先には黄色い油圧ショヴェルの姿も見える。

その横の青いタイル貼りの小さな広場には、赤い折り畳み椅子がいくつも並べてあって、
そこになぜか近所の住民たちが腰かけている。

工事の説明会でも開かれるのか。

さらに歩くと、狭い通路の光がいきなり失せる、その突然の薄暗闇のなかを手探りで進んでゆけば、突き当たりに板の扉がある。

そこを押し開けると、驚いたことにキチンの片隅の巨大なロシア製給湯器の裏に出る。

こんなところに抜け道が繫がっていたとは。

これも祖父ならではの小粋な発想には違いない。


ちょうどそこへ父親が帰ってくる。

生成りの麻のスーツを優雅に着こなして、五月の緑風のごとくなんとも爽やかな男。

その顔を見れば、いつのまにか白く大きな口髭を生やしている。

おまけに鼻梁や頰骨が立体的に突き出ているから、なんとはなしに海豹のように見えなくもない。

しかし痩せて背の高い男だ。

そこここに異人の気配が漂っている。

そういえば父親には北方の少数民族の血が流れていたことを、今更ながらに憶いだす。

父親がキチンでグラスの真白な牛乳を飲みながら、ぼくの母親に話しかける。

——来月、記念講演を行うことになったよ。

——あら、そう。いいじゃない。で、何の記念?


彼の説明を漏れ聞くところによれば、久久に起こった地磁気の逆転の記念であるらしい。それが父親とどういう関わりを持つのかが解らない。

ともかく、その講演は〈虹と灰〉という演題に決めたとのこと。

神経の片隅が微妙に疼きそうなタイトルではある。

だが待てよと、そのときぼくは想う。

父親はもう何年も前に亡くなっているはずだ、そういう連絡をかつて遠い町の役場から受け取ったのだが、これはどういうことだろう。


——しかし、いったい何の工事が始まるのかな? 父親が母親に訊ねる。

——ううん、工事じゃないわ。百年ぶりの祭が始まるのよ。

——ほう、祭か。いいね。ではわたしも参加させて貰うことにしよう。

父親が麻のスーツのままテラスから裏庭に出てゆくのを、ぼくは黙って眺めている。

いきなりそのテラスから、若い男が居間に侵入してくる。

絹糸のように艶やかな金髪を短く刈りあげた、頬の紅い北欧系らしき男。

そのときぼくは鮮やかに憶いだす、この青年は、ぼくが若いころに留学していたときの、その下宿先の息子に違いない。

あのころは天使のように精妙な顔だちの幼い少年だったが、今は背もすらりと伸び、胸板に分厚い筋肉も付いて、押しも押されもせぬ美丈夫という印象。

ただし、少少は前世紀的な味付けがそこここに感じられはするのだが。

——おお久しぶり。元気そうだね。でもどうしたの、こんな辺鄙な町にまで。ぼくは彼に手を差しだしながら明るい声をかける。

すると彼はぼくの手を強く握りながらこう答える。

——実は僕、映画の監督をしてましてね。明日から北部の湖沼地域で撮影が始まるんです。

それでふと、あなたの別宅が近くにあったことを憶いだして、こうして訪ねてきたんですよ。いやあ懐かしい。それはそうと、早速ですが、先週スタジオで撮った場面を観てもらえませんか？　あなたの意見をぜひ聞かせて欲しいのです。

彼は黄色い鞄から二十インチほどのディスプレイを取りだして、大きな食卓の上に置く。ぼくはその画面を黙って見つめる、すると暗い光のなかから緑の絹のドレスを着た老婆が滲みだすように浮かびあがってくるのだが、その老婆の口がなんと真赤に染まっている。息を呑んで見守っていると、その唇のはしから赤い液体がぽたりぽたりと滴ってゆく。

これは血だ。

血だけが持つ、独特の重く暗鬱な粘度。

間違いない。

——彼女は産婆なんですよ。彼は上目遣いにぼくの表情を覗き見ながら喋りだす。ずっと面倒を見てきた妊婦たちが無事に出産を終えると、彼女はこっそりその胎盤を食べるんです。いつまでも若若しさを保つためにね。

そのときぼくは、ぼくの世界の日附が判読不能であることに気づく。
背筋を厭なものが走りぬけてゆく。

浮動小数点家事件

朝、それも早朝、ぼくは小学校へ行くために緑のパジャマを青い制服に着替えると、昨夜の父親の言いつけ通り、まずは**浮動小数点**家へと赴く。とりたてて用事は無いものの、なぜか行くように命じられたのだ。

狭い水路の向こうに**浮動小数点**家の古い門構えが見える。小さな橋を渡って黒い鉄の門の前に立ち、大きな金具を引っぱれば、門は静かに開く。鉄門のすぐ向こうには、全面に鳥や亀や蛇や花の彫刻が施された黒檀の大きな扉が現れる。その優美で繊細な装飾に驚きつつも、今度はその扉を叩く。するとすぐに年配の男の声がして、その扉ががたがたと音を立てながら横に滑ってゆく。眼の前に現れた痩身の男は**浮動小数点**家の当主らしい。

——おはようございます。ぼくが挨拶する。しかし素晴らしい扉ですね、おじさん。タイかどこかの物ですか？

──よくお解りですな、坊ちゃん。当主が言う。二十年ほど前に、出張先のバンコクでこの扉を見つけて、日本に送ってもらったんですよ。まあ、この扉に合わせてこの家を建てたようなものですがね。それはそうと、さあ、なかにお入りなさい。


当主に続いて家に入ると、玄関の奥にある暗い畳敷きの広間には大きな座卓がいくつか置かれていて、それぞれの周りには若い女性たちが何人か坐っている。

もちろん見知った家族でもないから、おそらくは雇われた人たちなのだろうが、かといって仕事をしている素振りもない。

さらによく見れば全員が同じ髪形で、同じ藁色の古めかしいブラウスを着て、しかもその眼が鍵穴のように虚ろだ。

彼女たちはこちらにはまるで関心を示さず、ただ虚空の一点を見つめている。

その奇妙なありさまには、なんとはなしにカルト的気配さえ漂う。


視線を巡らせると、広間の隅のひときわ翳った暗がりに、壁を向いて横たわる子どもたちの姿がある。

男児が二人に女児が一人、しかも揃って全裸だ。

もしかすると、この浮動小数点家の子どもたちかも知れない。
かつてよく遊んだ幼なじみなのだ。
ぼくは彼らの顔を確認しようと、こっそりそばに近寄ってみる。
やはり彼らに間違いない。
それぞれが後ろ手に縛られ、一本の白いロープで繋がれている。
だが三人とも深い睡りに落ちていて、意思の通じる様子がまるでない。
ふと見ると、真中の女児の小さなお尻が赤く腫れあがっている。
まるで鞭で打たれたかのような痕跡さえある。
この家ではこんな虐待が行われているのか。
いったい何のために。
ぼくは慄然とする。

そのとき背後から浮動小数点家の当主の声がかかる。

——ねえ坊ちゃん、窓を開けてくれませんか。

ぼくは一瞬狼狽するものの、すぐに気を取り直し、氷りついたような顔つきの女性たちのあいだを縫って広間の端まで歩く。

十枚以上ある雨戸を苦労して開けはじめると、しだいに朝の光が広間に射しこんでくる。すると今まで無表情だった彼女たちが、いきなり目醒めたかのように活気づいて、それぞれのノートブックを取りだすと太い万年筆で何事かを一斉に書きこんでゆく。

これが毎朝の儀式なのかも知れない。

雨戸を完全に開けきってから左手に向かって長い廊下を歩いてゆくと、二階へと続く階段の下の空間に、ポルトガル風の青いタイル張りの洗面台がある。

そこで雨戸の埃で汚れた手を洗って、さらに廊下を進めば、中庭が見えてくる。

その真中にあるのはある種の滝と言うべきか、大きな厚手のガラス板を何十枚も積み重ねたその上から、透きとおった水が溢れだして、その煌めく断面を緩やかに伝い、木蔭の細流に流れ落ちている。

東洋的とも西洋的とも言えないその風情が実に面白い。

洗面台の奥は土間のキチンになっている。

古い竈がいくつも並ぶその土間の片隅には小さな勝手口があって、興味を引かれたぼくはそこから外に出てみる。


広い裏庭だ。

突き当たりには煉瓦造りの倉庫があり、枝垂れ柳の並木を挟んだその隣には、大きな白い車庫が建つ。

その車庫の右側の扉がなかば開いていて、そこには苔緑色に塗られた旧式のロールス・ロイスの縦長の尾燈が覗く。

浮動小数点家の当主は、おそらくはこの優美なクルマの後部座席に坐って、毎日事務所に出向くのだろう。

車庫の屋根には大きな旗が立ち、風に吹かれてゆったりと棚引く。

その旗は淡い黄の地に緋色の環が五つ描かれた意匠なのだが、各各の環の大きさや配置があまりに不可解で、言葉で表現するすべがない。

あるいはどこか遠い国の部族の紋章なのかも知れない。

そうして**浮動小数点**家の裏庭のあちこちをこっそりと偵察していると、生垣の向こうを歩いてゆく友人Nの姿が見える。

これから学校へ向かうところなのだろう。

ぼくは西向きの小さな裏口から路地に出ると、先を行く彼を追って早足で歩いてゆく。


あたりはいつのまにか古びた商店街だ。

その商店街は急な斜面の垂直方向に造られていて、それゆえに道の中央部が階段状になっているのだが、さらにその各段にも傾斜がついているから、実に歩きにくい。

鎧戸を閉めたパン屋の前で、ぼくはやっとNに追いつく。


しばらくはNとならんで歩いてゆく、するといきなり商店街が神社の敷地に遮られる。

鳥居をくぐって境内に入ると、あちこちの地面から湯気が盛んに噴きだしている。

まるでどこかの温泉地のようだと思いつつも、その湯煙を避けてゆっくり歩いていると、背後で神籤を引いていたNが、なんだか妙なことが書いてあるぜ、と言う。

——待ち人来たらず、去る人多し、とりわけ子どもたちの行方に気をつけよ、だってさ。

神社を抜けるとふたたび商店街が始まる。

このあたりには魚屋や八百屋や乾物屋、あるいは味噌屋や糸屋や蠟燭屋が並んでいて、昔ながらの風情が逆にたまらなく新鮮だ。

ところがそのまま歩いてゆくと、しだいに道の右側と左側に段差がつき始める。

それを奇妙に思いながらも、ぼくたちはとりあえずは道の右端を歩いてゆくのだが、その段差がどんどん大きくなっていって、商店街が尽きるころには左右に十フィートほどの落差が生じてしまう。

これはまずいと、ふたりで思いきって下に飛び降りれば、どんな仕組みか反動なのか、眼前に型板ガラスの嵌められた木製のドアがふわりと現れる。

それを開けると、なんと風媒花駅の手前の賑やかな交叉点だ。

ふり返れば、その木のドアの上部に、かすれたペンキで〈青麦商店街〉との文字がある。

青麦、すなわち、青い麦か。

ぼくはあまりの懐かしさと切なさに胸が詰まりそうになる。


風媒花駅に着くと、首筋の涼やかな金髪の少年が号外を配っている。

それをNが受け取り、ひと目見てからぼくに手渡す。

その紙面には、驚いたことに先刻訪れた**浮動小数点**家のことが書かれている。

記事によれば、**浮動小数点**家の子ども三人が自宅の裏庭のガレヂで凍死しているのが発見された、検視官の見立てによれば、おそらくは事故死、それも死後一週間は経つだろうという。

それを読んだぼくは思わず宙を仰ぐ。

彼らはあのとき、すでに死んでいたということなのか。

かつてあれほど仲良く遊んだ三人なのに。

しかもその死は単なる事故死としてすでに処理されてしまった。

ぼくの脳裡に、あの痩せた当主の不気味で不可解な笑いが渦を巻いて浮かびあがる。

この絶望的で潰滅的な無力感。

ぼくの頬を大きな泪がこぼれ落ちてゆく。

二の皿：漂泊

ぼくはぼくの父親であり、ぼくの息子である。
ぼくは足元の暗がりに累累と重なるぼくの祖先たちであり
頭上の青空へとはるかに連なるぼくの子孫たちである。
この強固に閉じられ、あるいは限りなく開かれた唯一の場所で
ぼくはぼくを食べ、ぼくを飲み干す。

リンゴンベリィの指環

夏休みには母方の祖父母が暮らす山の家を訪れるのが習わしだった。

子どものころの話だ。

海の近くのぼくの自宅とはかなりは隔たったところに在ったから、普段はなかなか行けないということもある。

そうして母親と兄とぼくの三人で、三週間ほどを祖父母の家で過ごす。

ちなみにぼくが記憶する限り、父親はそこへは一度も行ったことがない。

そもそもその山の家は東部の広大な高原地帯にあって、その周囲を黒い森が濃く淡く包みこんでいる。

裏庭を下れば小さな湖がひっそりと水面を広げ、少し山側に歩くと清らかな小川がきらきらと流れている。

今こうして書いているだけで、息が詰まりそうなほどに懐かしい。

ある年の夏、ぼくたちは母親が運転する緑のステーションワゴンで祖父母の家を訪れる。

舗道に続く土の道をしばらくは走り、そのまま敷地に入って四角いクルマを前庭に止める、そしてバックドアから大きなリモワのトランク三つを順番に下ろしていると、その気配に気づいた祖母と祖父が横庭から姿を現す。


祖母は痩せたからだに襟刳りの開いた黄色い麻のワンピースを着て、淡い色の髪が短く、深い瞳の上に弓型の眉が長い。

祖父は緑の帽子を被り、鼻梁の線が鳥の嘴のように弧を描いて尖る、そして何より特徴的なのは、顔の下半分が真白なひげにすっぽりと覆われていることだ。

おまけにそのひげは驚くほど長い。

まるで霧藻のように垂れ下がって、胸のあたりにまで届いている。

ふたりとも皺が深いが、その顔つきや身体つきに曰く言い難い爽涼感が漂う。

そんなふたりを、ぼくは眩しい思いで見あげる。

ぼくはおそらくは五歳前後か、ともかくも、ぼくは彼らのことが大好きだ。


（祖父母には面白い趣味がいくつかあったが、そのうちのふたつを紹介したい。

祖母は三十年来、裏庭の枝垂れ桜の花粉を集めつづけている。

その黄色い花粉をガラスの壺に入れ、キチンの棚の上に無造作に飾っているのだが、まだ下から五分の一ほどしか溜まっていない。

——花粉って、それだけ少ないってことなのよ、と祖母が言う。でもそれが実を結び、種になり、土に落ちて芽を出すと、いつの日か大きな樹に生長して、またいっぱい花を咲かせるんだから、素敵じゃない？


一方、祖父は、納屋の屋根裏で蜜蜂を飼っている。

もちろん蜂蜜は採るには採るが、それは副次的な果実、いわばデザートのごときものであって、ともかく蜜蜂そのものがどうしようもなく好きなのだ。

祖父によれば「忙しく動き回る蜜蜂の匂いがたまらない」そうだ)

ある晴れた日の午前、ぼくは祖父と一緒に森へ散歩に出かける。

朝の樹樹が放つ新鮮な匂いを肺胞の奥の奥まで吸いこみながら、径を抜けてゆく。

時には背を屈めて低い枝を避け、時には髪を蜘蛛の巣に引っかけながら。

見れば、その蜘蛛の巣を編む白い糸にはまだ朝露が宿っている。

その朝露の粒粒が視線の動きに応じて流れるように煌めいて、なんとも繊細で美しい。その光景にぼくがしばらくは見惚れていると、前を歩く祖父がふり返って、すぐそばに黒と黄に塗り分けられた大きな蜘蛛が潜んでいることをぼくに教えてくれる。ぼくはその悪魔のごとき蜘蛛を目にして、団栗を飲みこんだように驚く。するとと祖父はにやりと笑いながらこう付け加える。

——蜘蛛には気をつけるんだよ。なかには猛毒を持つものもいる。もしそんな蜘蛛に咬まれたときには、そばにいる女の子と手をつないで、ぐるぐると回転しながら踊ると良いらしいがね。

しばらく行くと、眼の前に小川が現れる。豊かな水がゆったりと渦巻くように流れている。その水は、川底の小石や水草がありありと見えるほどにも透明だ。祖父は喫いさしの太い葉巻を胸ポケットから取りだし、長いマッチでふたたび火を点けてから、昨日トロ場に仕掛けておいたアケビの蔓の籠をのんびりと順番に調べてゆく。祖父なりのやり方で川蝦を採ろうとしているのだ。

時おりきらりと閃いて翻るように動くものがあるが、それは魚であるらしい。

信じがたいほどに迅速で優美な運動のかたち。


ふと見ると、すぐ先の水底に赤い石がある。

ゆらめく陽光を浴びて、あたかも結晶体のごとき耀きを放つ赤い石。

ぼくにはどういうわけかその石が、なにか特別な宝物、世界中でぼくにだけ与えられた奇蹟的な贈り物のように感じられる。

ぼくがその赤い石をしばらくはじっと眺めていると、ぼくを取り巻くすべての世界がしだいに靄のごとく稀薄化していつのまにか溶け去り、それと同期するようにぼくの魂がふわりと花粉のように軽くなって、気がつけばぼくの身体は川に落ちている。

ぼくが流れる水のなかで声にもならぬ叫び声を上げ、腕を意味も無く動かしていると、その事態に気づいた祖父が身を乗りだして、長く白い顎ひげを川面に垂らす。


——そら、このヒゲに摑まるんだ、シカリ君。

ぼくはなかば無意識のままにその顎ひげにしがみついて、なんとか岸辺に助けあげられる。水は確かに冷たかったが、この季節のことゆえにさほどの刺戟は無い。おまけにこれはあとで教えられたことだが、その場所の水深は十インチもなくて、よほどのことがなければ溺れるなどありえなかったらしい。だから祖父はその状況を前提に、ただその腕でぼくの身体を摑んで引っぱりあげれば良いものを、わざわざ長く真白な顎ひげを水中に垂らしてぼくを救いだしたというわけだ。芝居好きで悪戯好き、しかも伸びやかで型に嵌らぬ精神を持つ祖父らしいやり方だと、今になって思う。

祖父の大きな桃色のバンダナを頭から被って、ぼくは濡れた身体のまま家に帰ってくる。睫毛に明るい光を滲ませ、なんとも気持ちの良い風の匂いを鼻孔に感じながら。裏口からキチンに入ると、立ったまま紅茶を飲んでいた祖母が眼を丸くしてこう言う。

——あらまあ、どうしたの？　びしょ濡れじゃない。ははあ、川に落ちたのね。でも良かったわ、暑い時季で。全身の細胞が蘇ったんじゃないかしら？　そうそう、つい今しがたパウンドケーキが焼けたのよ。裏庭で採ったリンゴンベリィの実がいっぱい入った、バタたっぷりのパウンドケーキ。ちょっぴりだけど生姜も足してるの。もちろん、お祖父ちゃんの蜂蜜もね。いや、お祖父ちゃんが飼ってる蜜蜂がせっせと集めた蜂蜜、と言うべきかも（笑）。

祖母はキチンの隅の旧い鉄のオヴンから、黒く焦げついた焼き型を取りだす。香ばしいバタの香り、そして甘酸っぱくみずみずしい果肉の匂いが部屋中に華やかに漂う。そのとき遠い居間から、母親が戯れに弾くピアノの音が漂い流れてくる。

（その真夜中、尿意で目醒めたぼくは、廊下の端っこにあるＷＣへ行く。膨らみきった膀胱の緊張を解いてから外に出ると、階下から奇妙な物音がかすかに聞こえてくる。

風が狭い孔を吹きぬけるような、あるいは押し殺した獣の鳴き声のような、そんな微妙に怪しげな物音。

不審に思ったぼくは、普段は使わないもう一つの狭い裏階段を一階へと降りてゆく、恐怖心をなんとか心の奥に抑えこみながら。

そこは旧館であるらしい、ぼくは不気味な音に導かれるままに、その先を辿って暗い廊下を歩いてゆくと、納戸らしきドアの前に出る。

一度も入ったことのない、そもそもそんな部屋の存在さえ知らなかった納戸。

ふと見ると、ドアの小さな鍵穴から淡い光が漏れだしている。

ぼくは興味を惹かれてその鍵穴に眼を当ててみる、すると部屋の内部の光景が一気に視野に飛びこんでくる。

白っぽく妙に背の高いベッドの上で、全裸の祖母が、同じく全裸で横たわる祖父の腰の上に馬乗りになっている、時おりは切ない声を上げながら。

いったい何をしているのかとぼくは思う。

もしかして、喧嘩?

少少は残念で、また幸運なことでもあるが、当時のぼくにはその行為の意味がまるで解らなかったのだ。

それから祖母は腰を思いのままに柔軟に動かし、しばらくは動かしつづける、すると突如その細く長い両腕を高高と掲げて静止する。

五秒、十秒、十五秒。

その祖母の姿が、奇妙な譬えではあるが、ぼくにはあたかも人が天使に羽化する瞬間のように思える。

そんな幻のイメジと、なかば混乱した現実の視覚的情報とが二重写しになって、ともかくもぼくの幼い心に深く刻みこまれたのだった）

その翌日、裏庭の物干し場で、母親が昨晩洗濯してくれたぼくの衣服やタオルを取りこんでいるとき、すっかり乾ききったぼくの白い半ズボンのポケットに何か固いものがあることに気づく。

なかを覗いてみれば、それはなんと、昨日川底にあった例の赤い石だ。

あのとき小川に落ちたぼくは、少なくとも自意識の上では溺れかかりながらも、無意識のうちに夢中でこの石を摑んで離さなかったということか。

何とも驚くべき話だ。

その赤い石を見つめながら、ぼくはそう思う。

――さて、その日から膨大な時間がよろよろと瞬く間に経過して、ぼくもいっぱしの中年男となる、当然のことながら睡って目醒める場所も二十回近くは変わったが、その赤い石は常にぼくの机の一番上の抽斗の隅っこに在った。

なぜかは解らないが、ともかくも、何らかの不可思議な運命の配剤をぼくは感じとっていたのだろう。

先月のことだが、ふと思いついて、ぼくはその赤い石を街の古い宝石屋に持っていった。子どものころからこの歳になるまでいつも身近に在りつづけたこの石に、意味の解らぬ感謝をこめて、指環を作ろうと考えたのだ。

そして実は今日の昼さがり、頬の紅い郵便配達夫がその指環をわが家に届けてくれた。もどかしく思いつつも貴族的で抒情的なそのコマドリの卵色の紙包みを解くと、昔風の太い金の輪っかの上に、いかにも赤い、凸凹した、不定形な小石が乗っかっている。こちらの希望どおり、元の小石の雰囲気を保ちながら、適切なサイズに整えてある。もちろんルビィではないにせよ、せめてガーネットか何かの成分でも含まれているのではないかと淡い期待を懐いていたのだが、その赤い石は単なる雑石であったようだ。もちろん水中に在ったときのように煌めいてなどいない。表面に微妙な揺れも動きもない、小さな石。無罪で無実の石ころ。ただその色はあくまで赤い、まるでリンゴンベリィの実のように。

この赤い石を視つめていると、あの遠い日の出来事、すなわちは髪の毛に絡まる蜘蛛の巣の閃きや、川に落ちて夢中で摑んだ祖父の白く長い顎ひげ、あるいは祖母が作ってくれたリンゴンベリィのパウンドケーキのことなどのあれこれを、ぼくは懐かしく憶いだす。

時間と空間の因果や作用によって、人の生命の幅はしだいに狭められてゆくものだが、それをただひとつ突きぬけるのが記憶というものに違いない。

マルタ騎士団と奇妙な腕時計の話

真新しいはずなのになぜか奇妙に古びた気配の漂うビルディング、その上層階にあるこのオフィスが今のぼくの仕事場だ。

ちょうどそのとき、机の小さなスピーカァから午後一時を示す旋律が流れてくる。今日はこの時刻からがぼくのランチタイムというわけだ。ぼくはそそくさと磁極式タイプライタァを片づけると、隣の部屋にいた同僚のNを誘って昼飯に出かける。


このあたりの中心街区は、空中を縦横斜めに伸びる半透明の連絡路でほぼすべての建物が繋がれている。

一見して蜘蛛の巣のようだが、確かにこの連絡網はゴサマァという愛称で呼ばれる。

そのゴサマァのひとつを通って、ぼくたちは対岸の巨大な建物へと向かう。

そこでポルトガルの漁師料理を食べるつもりだ。

同僚のNとゴサマァを歩きながら、なにげなく右腕の旧いサブマリナを見ると、普段は黒い文字盤がなぜか真赤になっていて、しかもその真中に大きな数字で1と出ている。これは驚きだ、ぼくの時計はいつのまにこの種の玩具めいた表示法に変わったのか。

ところが文字盤を見る角度を変えると、いつもの夜光の文字盤に戻る。

不思議に思って注意深く眼を凝らす、するとしだいに時計の側面が分厚く肥大し、また透きとおっていって、その結晶体のごとき内部では蟻が何疋も歩きまわっているのが判る。その異様に丸丸としたトパァズ色の腹部を見れば、どうやら蜜壺蟻であるらしい。

そのうちに蟻たちの姿は消えて、代わりに枯れ草が現れるのだが、その枯れ草が今度は緑色の若草に蘇り、さらにはその若草がみるまに枝を伸ばし葉を繁らせて、ついにはずらりと立ち並ぶ針葉の巨樹になる。

いわば時計のなかの秘密の森だ。

これはなんとも奇蹟的、かつ世界にふたつとない腕時計だと思ったぼくは、前を歩くNの肩を後ろから摑んでそれを見せるのだが、彼はぼくの腕時計を一瞥すると、黒い文字盤以外にはなんにも見えないぜ、と答える。

さっきと同様、それは視線の角度のせいなのか。

それとも腕時計を視る人間の、その心の傾斜度や魂の濡れ具合によるものなのだろうか。


目的の建物に着いて、その広いヴェランダを歩く。

多様な観葉植物が、その葉裏から多様な濃度の酸素を吐きだしているのを感じる。

ふと見ると、白いドレスを着た十歳くらいの少女が、細い手すりの上に登って地上を眺めおろしている。

今にも下界に飛び降りそうな、そんな不穏な磁気が滲みだす背中だ。

だからぼくは、それは危ないよ、危険すぎる、と思わず叫びながら少女に駈けよってゆく、すると彼女はぼくのほうをふり向いて謎めいた頰笑みを浮かべ、その直後になぜか手に持っていた白いボールをぼくに向かって投げつけてくる。

ぼくが咄嗟に上半身を反らせてボールを避けると、そのボールは後ろにいたNの胸の真中に命中し、だがよほどの衝撃だったのか、彼は奇妙に虚ろな叫び声をあげながら、背後の手すりを越えて下へ墜ちてゆく。

ぼくは驚いて手すりごしに地上を見おろすが、地面はあまりに遠すぎて、Nの姿はまるで見つからない。

いきなり腕時計に異変を感じて眼をやると、短針と長針のそれぞれが勢いよく逆回転しながらしだいに奇妙な方向に動いて、文字盤に十字架の形を描きだす。

その十字架だが、どういうわけかその四つの尖端が蛇の舌のように二つに分かれていて、まるでマルタ騎士団の紋章のごとき意匠だ。

ということは、今も頬笑みつづけるあの白いドレスの少女は、つまりはマルタ騎士団の団員ということなのか。

もしそうだとすれば、いま地上に墜ちたあのNは、実はその仇敵のムスリムだったのかも知れない。

もはや焦点も交点も特異点も失った生温かい頭で、ぼくはぼんやりとそう思う。

異国の地にある危険な物件

ぼくが毎秋から翌春にかけて勤務する小さな研究所の保養所に、妻とふたりでやって来た。

とはいえ、そこに見知った顔はない。

ここは異国の地だから、当然と言えば当然か。

保養所はいわゆるメゾネット様式のマンションだが、かなりの床面積だ。

ざっと見て千平方ヤードは下らないだろう。


ふと妻のほうを見ると、いつのまにか彼女は玄関の旧い革のソファで睡っている。

首筋が赤いから、先刻の列車でジントニックを飲みすぎたそのせいなのかも知れない。

放課後の居残りを命じられた少女のように、利発げな鼻筋の幼い顔だ。

とても十三歳より上には見えない容姿だが、これはどうしたことなのか。

まあそれはともかく、仕方がない、先にひとりで内部を見て回るとしよう。

実はこの保養所が秘かに売りに出されていることを、先日意外なところで漏れ聞いた。

もしここが気に入れば、とりあえずは親族の別荘用にこっそり入手しても良いだろう。

上の階の部屋から順番に見てゆくが、かなり広めの瀟洒なそれが多い。

築三十年ほどのマンションの一室とはいえ、魅力的な物件ではある。


そのまま廊下を歩いてゆくと、途中にかなり大きな浴室がある。

というのも壁がなぜかそこだけ矩形のガラス張りで、なかで入浴中の男たちの生白い腹や尻が鮮やかに見えるのだ。

驚いたことにはそばに懐かしい姉がいて、興味深げになかを覗きこんで頬を赧らめながら笑っている。

久しぶりに会う彼女だが、ぼくと同じく研究所員ということなのか。

とはいえ、いまだに灰水色のセーラー服を着ているところがまるで腑に落ちない。


さらに廊下を行けば、フロアの端に不定形のプールが現れる。

天井が吹き抜けになっていて、はるか上方には縦縞の洒落た布地が張られている。

そこで外界と通じているのだろう。

水はなぜか鮮やかな薔薇色だが、みんな気にせずに全裸で泳いでいる。

ぼくは伸びやかに平泳ぎをする若い女性を眺めおろしながら、プールサイドを歩いてゆく。

プールの突き当たりの壁は全面が嵌め殺しの窓で、その向こうには土の庭が広がる。巨大なサボテンや珍しい多肉植物、龍舌蘭の類、それにマンドラゴラらしきものまで密生して、一斉に開花している。

その花のひとつに大きな翅を休めるのは、なんとも妖美なオオミズアオだ。

その姿を見るのは、東部の高原で過ごした寄宿生のころ以来だろう。


今度は一階を探索してみようと、ぼくは長い階段を降りてゆくのだが、その階段の手すりが奇妙に撓んでいる。

その形状に興味を覚えたぼくが右手でなにげなくカーヴをなぞってゆくと、いきなり手すりの螺子のいくつかが外れて、ばね仕掛けの蜜蜂のようにあたりに飛び散ってしまう。

もはや手すりがぐらぐらの状態だ。

これはまずいと、ぼくは散らばった螺子をひとつずつ拾っては手すりに取りつけてゆくのだが、最後の一本がどうしても見つからない。

踊り場に膝をついて螺子を探していると、足もとに敷かれた絨毯の長い毛並みのなかに爪

の先ほどの小さな青い紙片があって、そこには、

『おめでとう！　この札を見つけた人には一万ドル値引きします』

と書かれている。

わが研究所の代表、すなわちは〈教授〉の下手な署名も付されているから、まず間違いのないものなのだろうが、なんとも子どもじみたやり方ではある。

ともかく、この保養所の随所にこんな値引きの札が隠されているのかも知れない。

彼の微妙な精神構造にある意味で感心もしながらぼくはさらに階段を降りようとする、まさにそのとき背後から見えない波動のごときものが烈しく押し寄せて、両脚が軽やかに宙に浮くのを覚えるが、そのあとのことはまるで記憶にない。

不分明で蒙昧な時間が澱み滞りながらも瞬時に流れて、今なぜかぼくは保養所のドアの外に立っている。

周囲を見回すと、さっき玄関のソファで熟睡していたはずの妻が少し離れた場所に佇んでいて、ぼくは深く安堵する。

涼しい風が遠近から吹いて、頰や額が実に爽快だ。

視野を上げれば、雪の積もった山並みが暮れ方の光に眩しく耀いている。


さて、ぼくと妻はその建物の外廊下を並んで歩いてゆくのだが、その廊下がいつのまにか橋に変化し、さらにはしだいにか細くなって、その幅はもはや一ヤードほどもない。

ぼくが先に立ってその橋を進む。

下を覗くと、はるか彼方に真青な峡谷が口を開いている。

もし墜ちればひとたまりもないだろう。


気がつけば、橋の左側の手すりが完全に外れている。

おまけに床板も左にかしいでいるようだ。

ぼくたちの心臓の重みで傾いたのだろうが、何とも危険だ、危険すぎる。

そこでふたりで右側に体重をかけてみるが、今度はその床が一気に右に傾く。

この橋の上でバランスを取るのは至難の業と言うべきだろう。

すり足で歩を進めながら、ぼくはあらためて思う、あの保養所が何十万ドルかは知らないが、この環境を考えれば、あまりに高価すぎる物件には違いない。

真冬の金剛環蝕

a

それは大きな洋館、今は亡き母親が子どものころに住んでいた旧い邸宅だ。その時代がかった豪奢なロシア風の食堂に、ぼくたち家族が集まっている。息子や娘はまだコリアンダァの種のひと粒ほどにも小さい。妻ももちろん若い、あの樹上の少女のように新鮮で初初しい。他に父親や兄や叔母らしき姿もあるが、彼らのところだけ光が滲み歪んでいるようで、その輪郭をはっきりと見定めることはできない。

蠟燭の灯る仄暗い空間で、それぞれが大きなテーブルのあちこちに着いて豪勢な料理を食べている。

だがぼくの眼前の分厚い金縁の皿には、どういうわけか乾涸びたチーズのかけらがいくつか散らばっているだけだ。

そのひとつが奇妙に赤い色で、何かに似た味がするのだが、その何かが解らない。

それらをワインでそそくさと胃袋に流しこんでから、ぼくは隣の居間へゆく。

b

居間の外には煉瓦敷きの大きなテラスがあり、その向こうに荒れた芝生が広がる。

その芝生の随所に柳の樹樹が繁り、弓型のベンチが置かれている。

日傘をさして歩く通行人の姿も見える。

そこはそもそもわが家の広大な裏庭なのか、それとも公園か何かの一領域なのだろうか。

芝生の尽きたところには暗く深い流れがあって、その対岸は切り立った崖だ。

その垂直に近い斜面は凸凹した石垣で蔽われ、ほぼ全面に豊かな苔や羊歯の類が生える。

おそらく造られてから百年は経つのだろう。

そのまま視線を上げると石垣ははるかな高みまで続いているが、よく見ればそのあちこちから透きとおった水が浸みだしている。

先刻から黄色い作業着の男が鶴嘴でその石垣の裾を掘り返しているのだが、どういうわけかそれに応じて、その水の量が増えているような気がする。

c

突然男の真上で太い水が噴出する。
慌てた男は黄色い上着を丸めて水を止めようとするが、さらにあちこちから水が勢いよく噴きだして、男の手ではどうすることもできない。
このままでは石垣全体が崩落するのではないかと不安になってくる。

ふと見ると、その石垣の左方に白いものがぶら下がっている。

――何だろうね、あれは。ぼくはそばにいた母親に訊ねる。彼女は鮮やかな黄緑色の長いドレスを着て、額の真中にはなぜか黒い大きな穴が空いている。

――あれは樹の実よ。母親が答える。人間の形をした樹の実。珍しいわね、あんなところに生えているなんて。もともとはチベットの奥地にしか育たない樹なのに。

確かにそれはヒトの形をした実だ。
その実が重たげに風に揺れている。
ぼくの素直な連想が、ぼく自身の背中に冷たいものを滴らせる。

d

母親と野外を歩いている。

すっかり雨が上がったあとの、新鮮でみずみずしい青空。

さて、茄子畑のあわいの径を抜けて古い肉屋の前を通りかかったとき、いきなり背後の母親の姿が消える。

ぼくは驚き、慌てる。

母親はいったいどこへ行ったのか、まさかとは思うが、この肉屋のなかへ吸いこまれてしまったのか。

そこでぼくがその店を調べようとするものの、ドアには錆びた鉄の鍵がかかっている。

おまけに、内部に人の気配はまるで無い。

e

いきなり空が暗くなる。

だが不思議なことに、光はあいかわらず眩しい。

眩しい暗さと言うべきか。

あるいはこれが金剛環蝕というものなのだろうか。

なぜかあたりには息詰まるほどの熱気が充満して、地面に重たく積み重なってゆく。


そのとき日暮が澄んだ声で鳴く。

しばらくしてもう一度。

今は真冬であるというのに。

この熱気のせいで成長のリズムが乱れてしまったのかも知れない。

f

蟬の声を聞きながらひとりでのんびりと歩く。

あたりには大きな屋敷が建ち並ぶ。

見ればそのうちの一軒が売りに出されている。

試しに鍵のかからぬ裏口をくぐって敷地に入ってみる。

庭の隅の三角屋根のガレヂには、旧式のベントレイが停められている。

明るいバタ色に塗られたまろやかな車体だが、タイアの空気はすっかり抜けきった状態だ。

立派な洋館の奥には久しく使われた様子の無いテニスコートがあり、そのさらに向こうには小さな蓮池と小山が見えて、樹樹も豊かに繁る。

いかにも古めかしい玄関のドアには値札が貼られているが、それはかなりの高額だ。

やはりこの界隈の地価もそこそこの水準なのか。

しかし広く変化に富んだ庭はそれだけで魅力的だ。

この次に買う家は、少なくとも千平方ヤードくらいの面積は欲しいものだと、ふたたび小道を歩きながらぼくは思う。

それでも、母親が遺したあの邸よりはるかに小さくはあるのだが。

氷点下パーティ

校庭の、その裏庭、長い校舎の仄暗い翳に広がる荒れ放題のジャスミンの花壇。そのそばを物想いに耽りながら歩いていると、前方から昔の同級生のJがやって来る。

何十年ぶりだろう、まさに偶然の邂逅。

しかし彼は大昔に香港に移住したはずだ。


——おや久しぶり。元気そうだね、とぼくが言う。

——おお、きみか。ヒゲが生えてるからまるで判らなかったよ、とJは柔らかく頬笑む。

——香港に住んでるって聞いたけど？

——うん。ずっと香港島に住んでた。こんな情勢だから、数年前に夫婦でシンガポールに引越したけどね。まあ妻とはいろんな事情があって、今は俺だけの休暇ってこと。

——それで帰ってきたのか。じゃあ、一緒に〈氷点下パーティ〉に行ってみないか？

——何、それ？

——さあ、ぼくも良くは知らないんだけど。ともかく、これから校舎の屋上で開かれるみたいよ。

――ではとりあえず行ってみようか。俺も暇だし。なんだか時計が逆戻りしたみたいだな。


ふたりで真新しい校舎の玄関から内部に入る。

板張りの広く清潔な廊下を歩きながら、ぼくたちの話題はごく自然にかつての少年時代の事柄の周辺を巡りはじめる。

たとえば初めて皆で街の映画館をこっそり訪れたときの話や、あるいは課外授業で行った冬の森へのキャンプ旅行の顛末など。

いずれも他愛ない想い出だが、離れて暮らしていた時間がいつのまにかどこかへ霧消して、ぼくとJの心の距離が一挙に縮まってゆく。


ふと気づくと、廊下がなぜか不自然な形に曲がりはじめている。

会話を愉しみつつも、そのカーヴに導かれてくねくねと歩を進めれば、いつしかぼくたちは懐かしい旧館のロビィにいる。

このあたりは何度も夢に見たことがある。

夢の舞台が学校の場合には、なぜかしばしばこの旧い校舎が登場するのだ。

油引きの廊下が狭く、いたるところでナナフシの関節のごとく屈曲し、またそこここに意味の解らぬ広間があって、その奥から細い抜け道が神経のごとく伸びてゆく。

その抜け道がどこへ続くのかは解らない。

というより、抜け道自体がおそらくはしばしばその位置や形状や結合を変えているようで、全体像がまるで摑めないのだ。

だから生徒には使用が禁じられているし、教師たちでさえあえて利用する者は無い。


そんな迷路のごとき地帯を過ぎて、ぼくたちは校舎の端っこの音楽室の前に着く。

その横の巨大な吹き抜けに、上階へと続く非常用の細い階段が伸びている。

それは黒い鋼鉄製の階段なのだが、今は錆びた鎖で閉じられて使用できない。

古い噂によれば、この階段は昇ってゆくうちになぜかその各段に小さな孔が開き、その孔が時に急激に大きくなって、注意していないと踏み外しそうになるらしい。

さらには階段自体の傾斜も気ままに変わり、段差も自在に増減するから、危険この上ないという。

根も葉もなく膨らんだ噂だろうが、そんな不穏な気配が確かに漂ってはいる。

だがこの階段こそが、上の階へと直結する近道なのだ。

ともかくも鎖をくぐり、手すりを持って注意深くその階段を昇りながら下を覗きこむと、はるか遠くの地下の暗がりの、その奥までが鮮やかに見える。

この校舎の基礎部分は地盤の関係でかなり深く掘られているから、それぞれの階の床の層が、書物のページのように連続して眼に飛びこんでくるわけだ。

――なんだか怖い階段だな。Jが背後で口を開く。俺たちが通学していたころはこんなだったっけ?


そう言われれば、ぼくも自信が無い。

この非常階段のことはかすかに記憶があるが、そもそも記憶は常に本人に都合よく書き変えられるし、そのうえぼくはかなりの健忘症だから、記憶も偽記憶もすべてが流動的で、確実なものなど何もないようにさえ思える。


無事にやっと最上階に着くと、そこはありきたりな広い食堂だが、少なくともここ数年は使われた様子がない。

食卓や椅子はそのまま配置されているものの、それらの上には埃が薄らと積もっている。

――おい、××××。


突然ぼくの名を呼ぶ声がする。

しかも、ほとんどの人が知らない、ぼくの本当の名前。

ぼくがその方向をふり向くと、旧友のNが懐かしい濃紺の制服姿で立っている。

Nとはつい先月に街で飲んだばかりだが、今日こんなところで出逢ったことに奇妙な感懐を覚える。

Nはぼくに近づいてくるが、ぼくの隣に立つJの姿を見て眼を見開いている。

Nもまた、Jが香港に移住したことを知っているから、驚いているのだろうか。

あいかわらず不思議そうな表情を浮かべたままのNに向かって、ぼくはこう言う。


――もうすぐ〈氷点下パーティ〉というのがあるらしいぜ。

――ああ、知ってる。

――で、どんなパーティなの？

――なんだ、知らないのか。僕はこれから理科のレポートを提出しないといけないから、そのあとで内容や由来を詳しく教えてやるよ。

そう言うとNは食堂の奥の柔らかい壁を押し、そこに開いた細い抜け道に入りこむと、瞬時に青い煙となって姿を消してしまう。

そのときくぐもったような大きな鐘の音が聞こえてくる。

〈氷点下パーティ〉が始まる合図らしい。

ぼくはNのことを気にかけつつも、鐘の音に引かれてその方向へ歩いてゆく。

廊下の突き当たりにかなりは年代物の樫材の説教台があって、その後ろに金髪をひと纏めにした少女が灰水色のセーラー服姿で佇んでいる。

少女は揶い上げるような眼つきでぼくを見つめ、当然のことながらそこそこの入場料を要求する。

その料金を二人分支払うと、少女は驚いた顔をするが、すぐに幼女のように顔を綻ばせる、そして案内されたのが、美術室をカーテンでいくつかに仕切った簡易の更衣室だ。

電気と磁気を盛大に使うパーティゆえに、金属製のもの、また一見金属風のもの、あるいは木綿や麻やレーヨンなどの植物性の繊維を身に着けていると、かなり危険らしい。

ぼくたちはその更衣室のひとつで、いわばナイトシャツのような、あるいは黒猫を抱くクリムトが着ていたような、そんなワンピース風の絹の衣裳に着替えなければならない。


——なんだかちょっと恥ずかしいな。


Jは独り言のようにそう呟きながら、向こうを向いて薄いスウェタァや踝丈のズボンを脱ぎ、さらには赤い縞柄のトランクスをするすると下ろしてゆく。

もはやJは早早と全裸だ。

久しぶりに見るJのお尻は、遠い記憶に降る初雪のように白い。

しかもその内面に漲る細胞の力が、お尻の皮膚の全面を内側から全角度で押しだしているような、そんな充実した筋肉の曲率を見せる。

ただそのお尻全体が、目測ではかつての二倍ほどの量感に増量していることにぼくは驚く。

昔は柳の枝のようにか細い少年だったのだが。

Jもいっぱしの中年男ということなのだろう。

そのときいきなりJがこちらをふり向く。

見れば、Jの陰毛はなぜかぼくと同じく綺麗に剃りあげられていて、お腹の分厚い脂肪の下に、小鳥と会話できるくらい初初しいペニスが顔を覗かせている。

ぼくがその新鮮な映像に眼を凝らしていると、Jは片頬でにやりと笑う。


身軽で優雅な衣裳と革のサンダルに着替えたぼくたちは、ふたたび通路に出て別方向に伸びる廊下をゆく。

屋上へと続く広間に達すると、壁に掛かった毛皮の外套とアストラカン帽を身に着ける。

その帽子の後部には、縞模様の尻尾が揶揄うように垂れ下がっている。


——まるでチャーリィ・ブラウンみたいだねぇ、とJは朗らかに笑う。


そこへ下級生の少年が近づいてくる。

少年はぼくに、昔昔のアイスクリーム容器のような紙の箱と紙のスプーンを差しだす。

もう一人分くれるかな、とぼくが言うと、少年は一瞬不審げな眼差しを見せるが、黙ってもうひと揃いをぼくに手渡す。

ぼくたちはそれを持って、屋上への重い扉をギシギシと押し開ける。

寒い。

ひどく寒い。

見回せば、屋上の四隅には白長須鯨の肋骨のごとき巨大な白い柱が聳え立ち、そこに蜘蛛の巣に似た薄い網が大きく架けられている。

その網の外側に太い電線と配管が複雑な経路で張り巡らされ、また随所に奇妙な電極も突きだしているから、この空間全体が電気と磁気の力で極限まで冷やされて、いわば巨大な冷凍庫と化しているらしい。

ちなみに現在のパーティ参加者は、ひと目見て三十人くらいだろうか。


さて、ぼくとJは、先刻少年に教えられたとおり、紙の容器を胸の前で抱え、スプーンでなかの透きとおった液体を掬う。

そうして眼の前にスプーンを持ちあげると、なんとその掬った液体がみるまに氷りつき、その氷の塊がふわりと空中に広がって、白い靄のように青空へと気化してゆく。

その直後、きらきら光る結晶体がいくつもいくつも頭に降りそそぐ。

それは言葉が持つ喚起と想像の力を軽軽と超えて、信じがたいほどに美しい。

隣を見れば、Jの髪は結晶体で真白に耀いて、聖なる後光が射したかのようだ。

その場にいる皆が歓声を上げながらしばらく遊んでいると、そこへNがやって来る。Nももちろん長い毛皮を纏い、アストラカン帽を被るが、その帽子の寸法が彼には小さすぎて、頭頂部にちょこんと載っているだけなのが微妙に可笑しい。

——僕を待っておいて欲しかったな。Nは小さな声でそう呟く。

見ると、Nの左手には大きな白いバケツがぶら下がっている。なかを覗けば、透明な液体がたっぷりと満たされて大らかに波打つ。そんなにたくさんの原料で〈氷点下パーティ〉を愉しもうというわけか。Nの父親は当校の校医だから、息子のほうも特に優遇されているのかも知れない、などとふざけたことを考えていると、ふと自分のトランクが見当たらないことに気づく。二十数年前に横浜で買った、デュラルミン製のリモワのトランクだ。

そのときぼくは、先刻この学校に緑のクルマで来たことをぼんやりと想いだす。あれは当然タクシィだったろうが、ともかくもその車室が異様に長くて、運転手の遠い姿は芥子粒ほどにも小さかった。

そうしてその後部座席に腰かけているとき、確かにぼくはトランクを膝の横に置いていた。革の持ち手の感触もいまだに掌に残っている。

とすれば、あの奇妙な緑のタクシィで校門の前に到着したとき、その車内にトランクを置き去りにした可能性は高い。


——時計を巻き戻せばいいんだよ。まるでぼくの心の動きを見透かしたように、いきなりJが断言する。そうすれば横浜で買ったあの素敵なトランクはすぐにその手に戻ってくるし、そのうえすべての問題がまるで氷が融けるように解決するんだから。

——すべての問題？

——そう。要するに、俺たちが知り合ってから今日に至るまでに起こったすべての問題。それらが解決すれば、きっと幸せになれる。

そしてJはぼくの右腕から旧式のサブマリナを外すと、その龍頭を巻き戻す。長針が、そして短針が、ゆっくりと逆回転しはじめる。

すると驚いたことに、ぼくとJの髪や肩に降り積もっていた雪の結晶がみるまに液化してふたたび紙箱の液体に還り、二人は自然に後ずさってさっきの更衣室に戻ると、外套とナイトシャツを脱いで元の衣服に着替え、校舎の廊下を逆戻りして、怪しげな非常階段をゆっくりと下ってゆく。

そのあとは幾何級数的に速度が増して、すべての事柄が勢いよく逆行し、ぼくは烈しい目まいに襲われながらも、どんどん若返ってゆくぼく自身を斜め上の視点から見つめているのだが、なぜかその光景のすべてにJが存在することに気づいて驚く。

Jとは何十年も前に別れたきりで、今日久しぶりに偶然邂逅したはずなのに、これではまるでぼくとJが〈結婚〉しているみたいだ。

ぼくは不思議に思って横に立つJの顔を見る、すると彼は奇妙に黄色い眼でぼくを真直ぐに見つめて、緩やかに頬笑む。

——過去への道筋がどうにも錯綜していたから、途中で混乱してふたりとも迷子になっちゃったんだよ、とJは説明する。だから俺ときみがなぜかパートナァになってしまったというわけ。でもいいじゃないか、そういう人生の選択肢がひとつあったとしても。

そしてこれこそが、この暑苦しい現実からの唯一の脱出口なのさ。

そうだ、俺たちの家の裏庭に生えてる桑の樹の実が、今朝見たら赤黒く熟してたんだ。あれでジャムを作ろう。きっとノスタルジックな味がして美味しいぜ。

その〈家〉はいったいどこにあるのだろう、とぼくは考える。

とはいえこれでは、ぼくがまるでJという土蜘蛛の巣網に絡めとられたみたいじゃないか。実は初めからJは、ぼくをいわば狩猟の対象のごときものと考えていたのではないのか。渦巻く疑問のなかでJとふたりだけのこれからの日常を想像すると、暗澹たる感情が樹液のごとく滲みだしてくる。

ぼくは頭のなかに絶望的な混乱を抱えたまま、痺れたように重たい脚を交互に出して、なかば魔法にかけられたかのようにJの後を黙ってついてゆく。

おやどうしたわけだろう、視野がしだいに暗くなってきた、

三の皿：忘却

たとえば一本の道を前にすると、その先の光景が自然に眼に浮かぶ。
波紋が広がるように、まだ見ぬ景色が眼前にふわりと起ちあがる。

たとえば一冊の本を開くと、その筋道がずっと先まで脳内に映しだされる。
その明瞭なイメジには、ほとんど齟齬も狂いもない。

こんな奇妙なある種の感受性が、なぜぼくに備わっているのか。
不思議といえば不思議だ。

アルメニアの少年　あるいはジェル状の白い牛乳

旧友のNとふたりで、地図を頼りに港の近くの市場へと向かう。知らない大小の十字路を折れ、知らない長短の橋を渡り、さらに黄色く染まった街路を歩いてゆけば、いつのまにか寂れた市場に着いている。Nはそのままさっさと裏口から入ると、細い鉄製の階段を昇ってゆく。もしかしてNは、この場所に馴染みでもあるのだろうか。

几帳面な書体で「楽屋」と書かれた部屋に入ると、そこにはイギリス出身の役者がいる。その昔、酒びたりで破滅的な俳優や、無類の蝶好きの男を演じた、あの個性的な人物。むろん、今はかなりの年配だ。

その彼が、今夜この市場で独り芝居を演じるらしい。

その落ち着きのない挙動を見れば、異国の地での初舞台の緊張を鎮めかねているのが判る。そんな彼の神経をなんとか解きほぐそうと、Nは次からつぎに卑猥な話題を提供する、すると老優の渋面にもしだいに豊かな笑いが蘇ってくる。

そんな状況に、だが退屈しはじめたぼくは、ふたりを残してこっそり楽屋を脱出する。

市場の裏手にはなぜか小さなポルトガル風の庭園がある。

その片隅に青いタイル張りの洗面台が見える、ぼくは手でも洗おうかと近づいてゆき、その装飾的な真鍮の水栓をひねる。


いきなり蛇口から熱湯が噴きだす。

ぼくは反射的に飛びのく。

あやうく火傷するところだ。

すると背後で前世紀の天使のように晴れやかな笑い声がする。

ふり向くと、視線の先に〈アルメニアの少年〉が佇んでいる。

おそらくこの時季だから、昔ながらのサーカスの巡業でやって来たのだろう。

少年は左右の口角をくいと引きあげたまま、まるで風景を切り裂くようにまっすぐにぼくに向かって歩いてくる。


少年は鼓動が聞こえるほど近くまで来て立ちどまる。

その顔は干し草の色にすっかり陽灼けしているが、虹彩はまじりけのない完璧な碧。

その焦点がまるで見定められない、ガラス玉のように無表情な眼だ。

ぼくはその眼の非人間的な美しさ、いわば永遠に向かって穿たれた虚無の井戸のような非物質的な美しさに圧倒される。

そしてあらためて少年を見つめると、なぜか心中に愛情のごときものが気泡のように湧き起こってくるのを感じ、その事実に狼狽しながらも、ぼくは思いきって彼の身体を強く抱きしめる。

なんともか細い肉体だ。

思春期を迎えるその直前の、危うい量感。

驚いたことに、少年もぼくの胸に幼児のように縋りついてくる。

だがぼくが少年に唇を合わせようとすると、彼は顔を背けてそれを許さない。

そんな無垢な行為を何度か繰り返したあと、少年は潮が引くようにどこかへ走り去る。

〈アルメニアの少年〉が立ち去って悄然としながらも、ふと思いついて、ふたたび先刻の水道の栓をひねってみる。

すると今度はその蛇口から、ジェル状の白い牛乳がぽとりぽとりと滴り落ちる。

さっきの熱湯の余熱で、残っていた牛乳の蛋白質が凝固してしまったのだろう。
それはまるで今の自身の清液のようだと、ぼくは思わずにはいられない。

秘密の発電所

幼年期の小さな記憶に降る粉雪のように真白なゲレンデヴァーゲン。

ぼくが今乗っているクルマだ。

とは言っても、半年前に札幌に移住した叔母から安く譲り受けた、旧式のそれ。

四隅が角ばっているゆえに、全体の量感に似合わず意外に運転しやすいそのクルマで、知らない町を走っている。


ところが住宅街を走るうちに、なぜかしだいに道幅が狭くなってくることに気づく。

大柄な車体の両側に、家の塀や街路樹が間近に迫っているのだ。

そして今やぼくの白いクルマは、青い家の側壁のぎりぎりのところをのろのろと通過し、突き当たって右に折れ曲がる、さらに走るとまたも右へと曲がって、だがその先はなんと行き止まりだ。

仕方なく今来た道をゆっくりとバックしてゆくが、もともとが隘路ゆえに、その操作が実にむつかしい。

ふと周りを見回すと、左手に赤く塗られた板の扉がある。

さっきは無かったはずなのにと思いながら、いったんクルマを降りてその扉を押してみれば、なんなく開く。

これは好都合だ、ぼくはクルマに戻ってその敷地のなかへ乗り入れる。


そこは意外にも広大な果樹園だ。

赤や黄色の実がいくつも実って風に揺れているが、それらがなんとも奇妙な形状で、何の果実か見当もつかない。

もしかするとこの地方特産の果実の、その珍しい原種なのかも知れない。


出口を探しながら果樹の群落の縁を巡るように走っていると、向こうから無蓋のトラックがいかにも粗暴な運転でやって来る。

これは拙い。

そう思ったぼくが速度を落とすと、荒れた気配のトラックは少し離れたところに停止して、なかから勢いよく男が走りだしてくる。

渦巻くような金髪を午後の光に耀かせた、胸板の分厚い青年。

——どこから入ってきた？　男が少し離れたところに立ち止まって乱暴な口を利く。

——そっちの奥の扉から。ぼくは来た方向を曖昧に指さして答える。君の私有地だったのか。知らなかったよ。

——いや、それはそれとして、とりあえずは修理費を払ってもらいたい。

——は？　何の修理費？

——俺のトラックさ。ほら、屋根が外れてるだろ？

——それは君が故意に取り外したんじゃないのか？

——まさか。お前のクルマが俺の果樹園に侵入したから、その磁気圧で電波が飛び散って、俺のトラックに悪影響を及ぼしたのさ。


これでは話が嚙み合いそうにないと思ったそのとき、トラックと対角の位置に建つ納屋からもうひとりの男が現れて、こちらに向かってゆっくりと近づいてくる。

その男を注視すれば、さきほどの男とまったく同じ顔と髪型。

要するに双子ということなのだろう。

だがその表情ははるかに明るく、そのうえなぜかニヤニヤと笑いつづけている。

その意図を読みきれず、しばらくは様子を窺っていると、男はぼくの眼前まで来て立ちどまり、こちらの眼を覗きこむ。

すると、その男の眼の白眼の部分がいきなり真赤に燃えあがる。

恐怖にかられたぼくが反射的にその男の顎を殴りつけると、彼は朽ちたサボテンのように後ろに倒れて地面に伸びてしまう。

なんだ、怖れるに足りぬ男だったな、と思うのだが、そういえば最初に現れた男の姿が見えない。

いったいどこへ消えたのか。

いずれにせよ、早く姿を消したほうが良さそうだ。


自分のクルマに戻ろうと早足で歩きはじめたそのとき、背後で鈍い金属音がする。

その方向に眼を向ければ、高く積み上げられたジュートの袋の陰に最初の男が立ち、その手に黒い猟銃を持ってこちらに狙いをつけているのが判る。

ぼくは慌ててゲレンデヴァーゲンに飛び乗ると、アクセルを床まで踏みつけて走りだす。

ともかくも怪しげな果樹園から逃げだすと、埃っぽい道をしばらくはひた走る、そのうちに路面はいつのまにか舗装されて、周囲はなんとも優雅な高級住宅街だ。ぼくはゆったりとした気分でクルマを流しながらふと想いだす、このあたりは子どものころによく父親に連れてこられた一郭なのではあるまいか。

そんな懐かしい気配が空気の層に濃厚に漂っている。

車窓には背の高い椰子が整然と並び、ときおりバナナの樹や蘇鉄の姿も仄見える、そうするうちに前方に鋳鉄製のゲイトが現れる。

満開の百合の花が群れを成して空に這い昇るような、そんな個性的な装飾の真黒なゲイト。

やはりそうだ。

このゲイトの先には、亡父の旧友の邸宅があるはずだ。

詳しくは知らないが、先の戦争の一時期、ふたりは同じ遊撃的組織に所属して、異国のいくつかの街で諜報活動を行っていたらしい。

つまりはいわゆる戦友だ。

ゲイトをくぐって緩やかな坂道を登っていくと、真白な壁に赤茶けた瓦を乗せた、見るからに優美なスペイン風の豪邸が見えてくる。

クルマのまま壮麗な門を走り抜けると、広い前庭には見馴れぬ弦楽器を持つ男の彫像が立ち、水が三段階に流れ落ちる豊かな噴水もあり、その奥に立ち並ぶ棕櫚の背後には鮮やかな色の芝生が広がっている。

その噴水の裏にクルマを止めて、玄関のドアの前に立つ。

深い緑の塗料がたっぷりと塗られた、樫材の大きなドア。

幼いころに何度かお邪魔したことのある宏壮な邸宅だ、なんとも懐かしい、そう思いながら呼び鈴を押すが、まるで反応がない。

不在なのか。

だが耳を澄ませば、庭の奥のほうから賑やかな音楽が漏れ聞こえてくる。

焔のように繁茂する薔薇の花に蔽われたガゼボをくぐって建物の側部に回ると、名前の解らぬ樹種の植込みの、その先の私的なテラスに老爺と老婆の姿が見える。

むろん経年変化はあるにせよ、まさに父親の旧友とその妻だ。

その彼らが、軽やかなハワイの音楽に合わせて、それぞれがゆったりと自由に踊っている。

おまけにふたりとも全裸だ、実に清清しい。

その見事な金髪と薔薇色に光る皮膚、さらにはその豊満な体軀には、眼を瞠るしかない。

テーブルにはシャンペインの壜が転がっているから、確実に酔っぱらっているのだろう。

なんとも愉しげで豪奢な空気が満ち満ちている。

——こんにちは、お久しぶりです。シカリです。ぼくの父親があなたがたの友人でした。

ぼくが少し離れたところから挨拶すると、ふたりは驚いたようにこちらに顔を向け、しばしの静止状態のあと、一気に破顔する。

——あーら、久しぶりじゃないの。大きくなったわねぇ。
——ほんとに大きくなったな。でも目元は昔のまんまだ。お父さんにそっくりだよ。
——さあ、こっちにいらっしゃい。一緒に愉しみましょう。

裸の老夫婦が着衣のぼくを迎え入れる。
新たなシャンペインの栓が乾いた音を立てて抜かれる。
ぼくたちは細長いグラスを傾けながら、ぼく自身や父親や家族のこと、あるいは彼ら夫婦や彼らの家族のことを、乱れた時制と時系列で語り合ってゆく。

突然夫人が椅子から起ちあがって、オペラの一節を歌いはじめる。

『誰も寝てはならぬ』。

その透きとおるように伸びやかな声に、衰えは一切感じられない。

子どものころにこの邸で、彼女がよくこの曲を歌っていたことを憶いだす。

それにしても巨大な乳房だ。

その乳房が、熟れて熟れきった果実のごとく堂堂と垂れさがっている。

だがお尻は大きいながらもそれほど分厚くもなく、高いところで見事に引き締まる。

陰毛はすっきりと完璧に剃りあげられていて、小高い陰阜に深く刻まれた陰裂が、午後の気怠い光を浴びて美しく耀いている。


そのとき居間の奥からふたりの若い男がテラスに現れる。

彼らも同じく全裸なのが面白い。

自邸では生まれたままの姿でいるのが、彼ら一家の素敵なスタイルなのだろう。

――おお、やっと来たな。夫のほうがそうひとりごちたあと、ぼくに向かって言う。彼らがわが家の自慢の息子たちです。ずいぶん成長したでしょう。

そして夫は彼らに向かってつけ加える。ほら、シカリ君だよ。昔よく一緒に遊んでもらったたろう。久しぶりに顔を見せてくれたんだ。嬉しいじゃないか。さあ、こっちに来て挨拶しなさい。


そのふたりの息子の顔を見て、ぼくは驚愕する。

先刻、例の奇妙な果樹園で遭遇した、あの暴力的で不気味な双子だったからだ。

だが彼らは、さっきとは打って変わって爽やかで無垢な笑みを浮かべながら、声をぴたりと合わせてこう言う。


——ああ、シカリさんですね。こんにちは。お久しぶりです。でもほんとに懐かしいですね。何年ぶりでしょう。

昔はよく幼い僕たちと遊んでくれましたよね。補助輪の付いた小さな自転車で芝生の庭を走り回ったり、キチンのそばの裏庭でセミを採ったりして。そうそう、カミキリムシや玉虫、それにクワガタを捕まえたこともあったな。シカリさんは虫を採るのがすごくお上手だった。ほんとにほんとに懐かしい。

今でもたまにあなたのことを想いだすんですよ。実際、先週も海辺のホテルのバァでギムレットを飲みながら、あのころのことを語り合っていたところです。あんなに優しくて愉しくて素敵なお兄さんはいなかったねって。なあ?

彼らは顔を見合わせて、天使のように晴れやかに頬笑む。

しかし、とぼくは思う、この双子は本当にさっきの果樹園でのいざこざを覚えていないのだろうか。

それとも、果樹園の彼らとはそもそも別人なのか。

いやそれはありえない、なにしろ彼ら四人は、まるで鏡に映したか複写したかのようにそっくりなのだから。

とはいえ、子どものころの記憶の断片をあちこちから手繰りよせても、そんな人数の子どもはこの家にはいなかったはずだ。

さらに率直に言うなら、いま眼の前に立つこんな双子がいたことも、ぼくにはぼんやりとさえ憶いだせないのだ。

これはいったいどうしたことなのか。

突然奥の庭で物音がする。

新種の火薬が爆ぜたような、あるいは世界の歯止めのひとつが飛び散ったような、そんな不穏な響き。

ぼくは椅子から起ちあがると、そちらに向かってひとりで歩きはじめる。

芝生はしだいに傾斜が付いて緩やかな斜面となり、その先には石で造った階段が続く。

石段は柘榴の樹のところで大きく左に折れ曲がり、さらにしばらく下って満開の藤棚をくぐれば、いきなり視界が開けて真青なプールが広がっている。

そのときぼくはふいに想いだす、これだ、このプールだ。


……幼いぼくは、小さな青い浮き輪を付けて波間に浮かんでいる。

蕾のように初初しい母親が、そのぼくを後ろ向きに引っ張って泳ぐ。

ぼくは声を上げて笑う。

まだまだ若く、剃刀のように痩せた父親が、プールサイドでシャンペインを飲みながら、楽しげに遊ぶぼくらを眺めている。

その父親の頭上に、快活なエンジン音を響かせながら軽飛行機が飛来する。

その飛行機が今、赤や緑や紫や黄色の紙のビラを撒く。

その一枚が偶然にも父親の足元にひらひらと舞い落ちる。

それを拾いあげて眼を通した父親が、慌ててその場から走り去ってゆく……。


一連のそんな記憶の欠片が雪崩のように脳髄に広がって火花を散らす。

だが不思議なのは、ぼくの記憶ではそこにぼくの家族しか存在しないことだ。

この家の持ち主であるはずの彼らはいったいどこへ消えたのか。

どうにも解らない。


そんなことを考えながらあたりを見回すと、プールの対岸に銀色に揺らめく奇妙な物体があることに気づく。

ゆっくりとそちらに近づいてゆけば、それがプールの内部に数本のボルトで取りつけられた頑丈なステインレス製のパイプであることが判る。

そしてそのパイプはプールの内壁をよじ登り、プールサイドを外に出ると、その向こうの石ころだらけの斜面を真直ぐに斜行してゆく。

あちこちに龍舌蘭の生えた、砂岩質の緩やかな崖だ。

興味を抱いたぼくは、乾いた砂に足を滑らせぬように注意しながら、銀色のパイプの後を追いかけてゆく。

パイプは途中で何度か方向を変えながら、やっと崖の下に辿り着く。

その崖の向こうは、小さな池だ。

岸辺には松や沼杉が生えて暗く翳り、中央の水面は早朝の光に照らされて睡るように静かに耀く。

いかなる理由かは解らないが、あの邸のプールの排水がここに溜められているのだろう。

ところが驚いたことには、立木の葉蔭を通して、池の向こう岸に巨大なコンクリート製の擁壁のごときものが設けられているのが判る。

ぼくは早足でその確認に向かう、すると擁壁の外側にはなんと水圧管があり、余水路や流木路も見え、さらには小さな下見板貼りの建物さえ建っている。

その建物の壁がどういうわけか半ば透けていて、内部で巨大なタービンが高速で回転してジェネレイタァを動かしているのがありありと見える。

すなわち眼下のあの小屋は、実はごく小型の水力発電所であって、とすればさっきのプールは水力発電所の施設の一部であったわけだ。

そうしてこの発電所で作られた電気が昇圧され、馬のように太い電線に充填されて、夕陽の斜光に照らされた何本もの送電塔を伝って下界に運ばれてゆく。

しかし、家庭用のプールが電気を起こしているなど、誰が信じるだろうか。
そのとき発電所のドアが開いて、なかから赤いシャツを着た六人の男が現れる。
彼らはぼくを見つけると、青い梯子を順番に昇ってこちらにやって来る。
ぼくの眼前に立った六人は、寸分違わぬ同じ顔で、声を合わせてこう言う。
――わが家の発電所へようこそ、お兄さん。

白髪主義者たちの秋

＋

見渡すかぎりの無垢な青空、その下を新鮮な高速道路が伸びている。

高速道路は気ままに波打ち緩やかに彎曲しながら、山間部へと優雅に消えてゆく。

ところでぼくと友人はといえば、その高速道路の脇にある細い一般道をのんびりと走っているところだ。

このクルマは友人のものだが、先月のはじめに北方の港町で偶然手に入れたという。

昔昔に異国の雑誌でよく見かけたような、青い砲弾型。

その屋根は生成りの帆布製で、今は背後に折り畳まれている。

十月も半ばの冷んやりとした風が、なんとも心地よく首筋に巻きついては離れてゆく。

——子どもたちは元気？　前方を見つめたまま友人が訊ねてくる。

——ああ。ふたりとも全然帰ってこないけどね。ぼくが答える。そっちは？

——ウチは下のほうの結婚が決まった。

――おやそうか、おめでとう。じゃあ、島に住むの？

――しばらくはそうなるかな。


真白なメルセデスが反対車線を対向してくる。

ヘッドライトが縦に並び、後部に小さな鰭が付いているから、あちらも結構な年代物だ。

――それはそうと、先日、駅で偶然あの先生と出逢ったよ、と友人が話しはじめる。先生、すっかり白髪になっていた。びっくりしたね。三年前の同窓会では艶艶とした黒髪だったのに。

ところであの人、喋りながらその白髪を無意識に指で梳かすんだが、そうすると彼の指先がなぜか真白に光るんだ。まさか白髪の色素で染まるわけでもないだろうが、ともかくもその様子がなんとも神秘的で、素晴らしく美しかったぜ。

＋

旧いデュラルミンの旅行鞄がわが家に届く夢を見る。

差出人の名は無い。

錠を開くと、そのなかには切りとられたヒトの指先が溢れるほどに詰めこまれている。

だが凄惨な雰囲気はまるで無い。

というのも、血など一滴たりとも流れていないし、そのうえすべての指先が町に初めて降る粉雪のように真白であるからだ。

もちろん指紋も同じく真白。

こんな指紋を押捺したら、どんな阿漕な契約でも結べそうな気がする。

＋

前方に並ぶ柳の街路樹、その木蔭に白い顔の少女がふたり佇んでいる。

少女たちはぼくたちのクルマを見つけると、大きくその手をふりはじめる。

ヒッチハイクのつもりなのだろう。

クルマの速度を落としながら近づいてゆくと、少女たちが双子であることが解る。

顔だちも身体つきも、鏡に映したかのようにそっくりの双子。

だが髪型や服装まで同一なのは、いったいどういうわけなのか。

おまけにその姿態のあちこちから、何とはなしに不穏な気配が滲みだしている。

——どうしたの？　助手席のぼくが少女たちに訊ねる。

——あのう、私たち、瑪瑙湖へ行きたいんです。少女たちが高い声を揃えて言う。乗せていってくれますか？

すると運転席の友人が即座に話に割りこんでくる。

——それは無理だね。まず第一に、われわれは瑪瑙湖へは行かない。まったく逆の方向だ。そして第二に、そもそもこのクルマは二人乗りだから、きみたちを乗せる余地がないよ。

すると少女たちはみるまに眼の縁を尖らせて、

——じゃあ代わりに私たちが乗ります。二人とも降りてもらいましょう。

と言うと、ひとりがスカートの下から大きなグルカナイフを取りだし、助手席のぼくに向かってその反り返った銀の刃を突きつけてくる。

そしてもうひとりはといえば、今ドアハンドルに手をかけたところだ。

ぼくはさすがに一瞬怯む、だが咄嗟にドアを勢いよく開いて少女たちの身体を押しのける、その直後、友人はアクセルを床まで踏みつけたから、クルマは超絶的な速度で発進し、少女たちの姿はみるまに小さくなって視野の外に消えてゆく。

——危なかったな。ぼくは友人の動物的嗅覚とその敏捷な対応に感謝しつつ、こう言う。

——ああ。友人は短く答え、少ししてからつけ加える。あの少女たちの姿を見たとき、なぜか俺には明日の朝刊が見えたんだ。眼の前にありありとね。その紙面には、俺たちが街角であの少女たちに刺されたという記事が載っていた。つまりはそれが、俺たちのひとつの運命だったわけだ。それが解ったから、俺はずっとあの場から逃げだす機会を窺っていたのさ。もうひとつの未来を呼びこむためにね。

ぼくは改めて友人の横顔を見る。

心なしか、その白髪が増えたような気がする。

＋

湖面を見おろすホテルのレストランに着く。

ぼくは窓際のテーブル席に坐ってギリシャの漁夫帽を脱ぐが、友人はそのまま厨房へ行って、シェフらしき男と親しげに言葉を交わしている。

その男をよく見れば、どことなく蟬の幼虫に似た風変わりな顔つきをしている、だがその豊かな髪は透きとおるように真白で、眼を見張るほどに美しい。


給仕がシャンペインとグラスを銀の盆に載せて持ってくる。

グラスはふたつあるから、友人も酒を飲みにここへ戻ってくるのだろう。

とすれば、今夜はここに泊まることになるわけだ。

夕陽が滲むガラス壜からシャンペインをグラスに注ぎつつ、ぼくは窓の外を眺める。

こんな人里離れた高地なのに、すぐそばには古い煉瓦造りの建物があって、そこは工場であるらしい。

青い作業着を着たひとりの男が、燃えあがるガラスの塊を鉄の鋏で運ぶ姿が見える。

男の皮膚は漆のように黒いが、その髪は真白に耀いている。

＋

真夜中、いきなり天窓から曲がった電波が部屋に飛びこんでくる。

ぼくは父親が遺した旧い真空管ラジオでその電波を受信し、過去の研究のファイルや辞書、それに電波帳と照らし合わせて、その内容をなんとか解読する。

その要旨は次のようなものだ。


〈茶は白、黒は白、金も白、赤も白〉


これはいったい何を意味するのか。

だが、そのしばらく後にぼくは気づく。

この茶、黒、金、赤というのは、要するに茶色の髪、黒い髪、金髪、そして赤毛を意味するのではないか。

すなわち、どんな髪の色の人間もいずれは誰もが白髪になるという、ごく単純で生理的な次元の表現であるに違いない。


ふと頭部に奇妙な電気的気配を感じたぼくは、慌てて浴室へ行き、壁の鏡を見て驚く。

ぼくの頭髪も、なぜかすっかり白髪まじりなのだ。

口ひげや顎ひげなどは、もう霜を置いたように真白。

――まだたったの十四歳なのに、こんなに老けこんでしまったのか。
ぼくの心は深い悲しみと透明な諦めの念にゆっくりと浸されてゆく。

前半分だけの青いバス

小学校からの帰りに、ぼくはひとりで青いバスに乗る。

坐ったのは偶然空いていた一番前の席、というより乗客はぼく以外に誰もいない。

さて、そのバスは、途中で奇妙な十字路を折れ曲がると、知らない坂道をくねくねと登りはじめる。

普段の経路は工事中なのか、もしかすると先日の竜巻の影響かも知れない。


ところがしだいにその道幅が狭くなってきて、もう三フィートほどしかない。

せいぜい肥った神父ひとり分の幅だ。

道の左側には黒い家が建ち並んでいて、どういうわけかその側壁から錆びた金具が大きく飛びだしているところもある。

一方、右側はガードレールもない崖で、はるか下方には暗い清流がひっそりと流れている。

これは危ない。

墜ちたらひとたまりもないだろう。

だが黒眼鏡の運転手は、長すぎる腕や脚を蟷螂のように自在に使っていろいろな器具を操作し、さらには窓から竹の棒を突きだして金具などの障害物を押さえつけさえして、その狭隘な登り坂の小径をなんとかすり抜けてゆく。

やっと無事に幅広い道に出ると、何のことはない、そこは銀水晶町と虹割鏡町のあいだに伸びるいつもの舗道だ。

しかしこんなに大きなバスが、あんなにか細いところを走行できたとは。

驚きを禁じ得ない。

——凄いなぁ、奇蹟的な運転技術という感じ。ぼくは素直な気持ちで運転手にそう告げる。

——当り前だよ、これくらいは。運転手は前方を向いたまま、片側の頬に微笑を浮かべてそう答える。若いころはチベットやネパールあたりのもっと酷い山道を、ロシア製の旧式のトラックで走り回っていたもんだ。荷台に色とりどりの商人たちをいっぱい乗せてね。

向こうから黄色いバスがやって来て一時停止する。

その横を、黒眼鏡の運転手が長い腕を屈折させて挨拶しながら、颯爽と走り抜けてゆく。

――そういえば話は変わるけど、とぼくは運転手に長年の疑問をぶつけてみる、チベットにはいまだに一妻多夫制度があるんですか?

――おや坊ちゃん、妙なことを知ってるね。運転手が黒眼鏡でちらりとこちらを向いて答える。確かに田舎のほうではまだあるよ。ひとりの女が何人かの男と小さな家で暮らしてるんだ。基本的には部外者で流れ者の私も、その制度の末端にぶら下がって、しばしばお世話になったものさ。

赤信号でバスが停止する。

運転手は黒眼鏡を外してぼくのほうをふり向くと、真直ぐにぼくの眼を視つめてくる。するとその瞳はある種の宝石のように真青に澄みきっていて、さらには時に透きとおって見えるほどに、驚くほど深い。

その髪はといえば、高原地帯の乾いて乾ききった風に何昼夜も吹かれつづけたように、柔らかく縮れて淡い色だ。

ふと天井を見ると、三日月型の名札がぶら下がっていて、そこには植物の蔓を想わせるような謎めいた文字で運転手の名前が記される。

もちろんぼくにはけっして読めない名前。

もしかして彼は、あの噂に漏れ聞くヌリスタン人ではないのかと、ぼくは想像する。


バスの速度が上がり始める。

ここから密彗星町まではほぼ下り坂だから、どうしても加速するのだろう。

そのとき、いきなり首筋に巻きつく冷たい空気の流れを感じてふり返ると、なんとバスの後ろ半分が無い。

背後の景色が、何物にも遮られることなく鮮明に見える。

他に乗客もいなかったから、運転手が不要と判断して車体の後部を切り離したらしい。

前半分だけで軽快に走るバス。

道理でこんなに怖ろしいスピードにもなるわけだ。

もう時速百マイルは優に出ているのではないか。

おまけに当然のことながら、このバスには今や前二輪のタイアしか無い。

だがこの運転手なら安心だ、そう思わせるものが確かに彼にはある。

運転手は口笛さえ吹きながら、さらに力強くアクセルを踏みつづける。

真夜中に桃を食べる

夜
それも
藍色の夜空で夥しい星星が脈搏つ真夜中に
少女はたとえばひとつの桃を食べる。
紅の濃淡に滲んだ柔らかな果皮、
その表面に仄かに光る金色の産毛に小さな違和感を覚えつつも
少女は桃に固い歯を立て齧りつく。
少女は嚙む、
味蕾にとろける甘い果肉を嚙む、
嚙む、
さらに嚙む、
するとその薄い唇のはしから桃の果汁が溢れだして
その汁は尖った顎の先から滴り

あるいはか細い頸を伝い
小さな乳房のあわいにとどまることもないままに
臍の浅い窪みを過ぎて
丸い下腹部のその奥へと
密やかに流れ入る。
そうしてたとえばひとつの桃の
その内部に充ち満ちた香り高い果汁は
少女の暗く煌めく体液と
深く、ふかく
混じり合う。

すなわちは
すべての時計が睡り
すべての燈台がその火を消して
血の冷たい夢魔たちだけが生き生きと跋扈する時刻
そんな稀有の真夜中に

確かに少女はひとつの奇蹟の受胎を果たす。
だからこれから数か月後には
いや、もっと先の二十年後かも知れないけれど
少女は新たな種に属する嬰児を
つるりと産み落とすことだろう。

裏庭で遊ぶ子どもたちの声が
柔らかい風に乗ってこの窓辺に届く。
その幻のように泡だつ声に耳を澄ませば
彼らが光と色のある言葉を喋っているのが解る。
それはおそらく
次の世代と時代を紡ぎだす未知の言語には違いない。

あいかわらずも屋根裏部屋の狭いベッドに寝転んだ、
あいかわらずも十四歳のぼくは
四月の染みこむ明るい瞼のその裏に

新しい子どもたちの笑いや匂いや動き、
その額のしるしやはるかな道筋を想い浮かべながら
親密な未来の到来を
いま、鮮やかに
予感する。

願わくは、ぼくの眼差しが

この肉や骨の紡ぎだす光で

世界のすべての暗闇を照らしだしますように。

そして可能であるなら、ぼくの柘榴の色のアヌスが

ありとあらゆる日常の奇蹟を

あまねく吸い尽くしますように。

加藤 思何理（かとう　しかり）

札幌に生まれ、京都や大阪などで育つ。
著書に、

『孵化せよ、光』（2010）
『すべての詩人は水夫である』（2014）
『奇蹟という名の蜜』（2016）
『水びたしの夢』（2017）
『真夏の夜の樹液の滴り』（2018）
『川を遡るすべての鮭に』（2019）
『花あるいは骨』（2019）
『おだやかな洪水』（2021）

など。

詩集　虹《にじ》と灰《はい》のクックブック

発行　二〇二三年七月二〇日

著者　加藤思何理
装幀　長島弘幸
発行者　高木祐子
発行所　土曜美術社出版販売
〒162-0813　東京都新宿区東五軒町三—一〇
電話　〇三—五二二九—〇七三〇
FAX　〇三—五二二九—〇七三二
振替　〇〇一六〇—九—七五六九〇九
印刷・製本　モリモト印刷
ISBN978-4-8120-2775-2　C0092